À Nick, Charley,
Daniel et Annie

Un mot sur l'illustratrice
Artiste, sérigraphiste, illustratrice, Kathy Herderson
est aussi auteure de livres pour enfants.
Elle vit à Londres, en Grande-Bretagne, avec ses trois
enfants.